KB070928

토란잎

책 만 드 는 집 시 인 선 071

토란잎

최순열 시집

책만드는집

| 시인의 말 |

시를 열심히 썼던 시절이나, 시를 빌미로 구한 생업 때문에 시를 못 쓴다고 힐난을 받던 시절이나, 나는 시의 동아줄을 놓지 않았다. 분명 결정적으로 인생의 헛발을 내지르지 않도록 때때로 호루라기를 불어준 시심의 비호가 있었다. ―이렇게 말하고 싶다.

그러나 막상 돌아보니 지난날의 삶은 유치찬란한 만화경이다. 부질없이 애 많이 썼구나 인생아, 무심히 손아귀를 빠져나가는 바람의 말이다.

다 비운 가슴인 줄 알았는데 많은 옹이가 도사리고 있었다. 내 속에 간단없이 자리해서 함께 살아온 여러 모성의 잔상이 얼비친 음화陰畵들이 그것이다. 그중에서 도무지 저버릴 수 없는 이야기를 어설픈 복화술로 재생해보았다. 그들을 위한 신원伸寃이고 보답이기도 하겠지만, 나의 치유를 위한 의례이기도 하다.

좀 불편하고 부끄러운 관장灌腸의 참담함을 무릅쓰기로 했다. 그래야만 후련하게 비워진 배알로 새로운 시작을 도모할 용기가 생길 것이 분명하니까.

흔쾌히 격려해준 김영재 형의 배려에 고무되어 시고를 추슬러보았지만 매듭이 야무지지 않았다. 끝내 형의 다정다감하고 사려 깊은 조언에 전적으로 신세를 지고 말았다. 가까스로 수습은 됐지만 여전히 여기저기 검불이다. 어쩌면 이것이 내 시력詩歷의 솔직한 표박漂泊이니만큼 이런저런 눈총은 기꺼이 감당할 일이다.

이제 시골집 바람벽을 도배했던 신문지에서 동시를 찾아 읽었던 그 소년으로 돌아가 다시 시심을 벼리어보겠다. 이 약속이 그동안 나를 지켜보아 주신 이웃들에 대한 염치가 아니겠는가.

—2016년 또 한 번의 봄을 기다리며

최순열

| 차례 |

1부

2부

3부

4부

1부

토란잎

지아비 푸른 산에 뉘고
몸살 사흘 만에
뒤란 장독대에 나가보는데
친정길은 산등성이 너머로 아련하고
토란국이 먹고픈 여인은 만삭滿朔
아직도 토란은 여물지 않았고
장마가 시작되는 여름 들머리에서
짙푸른 토란잎을 바라보고 있네
토란잎에 구르는 빗방울이 굵어지면서
아낙의 눈가에도 번진
빗물을 손등으로 훔치는데
무심한 청개구리 한 마리가
토란잎에 올랐는데
철없는 계집아이가 잡아달라 눈짓이네

패랭이꽃

해는 서산마루를 넘는다
논두렁으로 내리는 산그리메
무섭고 추운 아이
맹꽁이 애타는 목울음에 더럭 겁이 올라
마지막 논이랑을 매는
아낙의 등에 매달리면
미처 종아리의 흙탕도 씻지 못하고
겉치마 한 자락 뒤집어 업는다
아이는 어미에게 주려고 종일 모은
패랭이꽃 한 움큼을
손에 놓지 않고 잠이 든다
손바닥에 넘치는 아이 엉덩이를 받친 채
아낙은 총총 발길을 서두른다
언제 떠올랐는지 불그레한 달이
한 번만 뒤돌아보라 보라
애타는 남정男丁의 목소리로 쫓아오는 듯
아이가 움켜쥔 패랭이꽃 다발이 간질이는

아낙의 가슴은 까닭 없이 두근거리는데
집은 아직도 멀다

도라지꽃

이른 아침 엄마 찾아 나선 밭머리
함초롬히 이슬 머금은
도라지꽃
송이마다 햇살 영롱하면
방금까지 허기진 마음 아랑곳없이
아이는 그만 그 자리에 주저앉아
꽃길 꿈길 한없이
엄마의 뒷모습을 찾네
먼 산 그림자 물러나고
까만 애기 고무신 한 켤레만
햇살 속에 외롭게
외롭게 기다림에 목말랐지
한나절 길을 나섰던 엄마는 차마
도라지밭 저쪽에서 되돌아오고 있었다

감자꽃

여름 한나절 바람이 불어
한가롭던 구름이 불현듯 빗방울 흩는데
청상靑孀의 낮잠은
더욱 애잔하여라
아낙의 젖가슴은
감자알처럼 아프게 멍울지는데
하얀 슬픔이 숨겨진 감자꽃은
하염없이 비를 맞고 있네
장마철 하루 묵고 흘러간
외간이 딱히 그리운 것도 아닌데
감자꽃 필 무렵엔
키 낮은 울타리 밖으로
속절없이 마음은
마음은 고개 내미네

곶감

바싹바싹
마른 가을 잎은 애타는데
저녁놀에 더 발갛게 익어가는
처마 밑 곶감
여전히 피지 못한 가슴의 꽃은
저렇게 그리움에 꿰어 시들어가면서
마지막 달콤한 추억을
안으로 안으로 삭히고 있네
단 한 번 뜨거운 손길의
화상火傷, 고운 살빛에 무늬진
그리움이 슬픔만은 아니라면
감잎이 다 몸 내리기 전
담장 너머로 스쳐 가는 그림자
한 번쯤은 볼 수도 있으련만
뽀얗게 분이 피도록
마르고 말라서 남은 젖꽃판
바짝바짝

타는 가슴속
기다림은 언제 멈추나

눈꽃

눈이 시리도록 희디흰
뒤란 장독 위에 밤새 내려 쌓인
손이 시리도록 서러운 사연
그 사연 한 줌 가만히 모으면
아파라, 젖멍울 여전한 가슴
아리고 아린다
언제 온다던 말은 믿진 않았지만
밤새 앓았던 신열은 미처 내리지 않아
아침마다 눈길은 애타고
메마른 감나무 등걸도
새하얗게 끌어안고 있는 그 미련에
바람은 빈 얼굴로 스쳐 가고
아이가 놓쳐버린 방패연이
앙상하게 빈 가지에서
온종일 또다시 그리움으로
떨면서 하얗게 차가운 사연들을
들릴 듯 말 듯 풀어내고 있었다

치잣물

식어가는 불기 남은 부엌 바닥에서
수줍게 몸을 닦던 아낙
마지막 서러운 몸엣것 닦다
살며시 쥐어보던 젖무덤
몸서리로 돋아나는 그리움
이제는 빈 가슴인 채
서리 내린 늦가을
마른 치자 한 줌 물에 담근다
남몰래 우려낸 한恨인 듯
치잣물 곱게 물들인 전煎을 부친다
아낙의 마른 가슴으로 스며드는
하현下弦의 달빛 차디찬데
지아비 젯밥을 소담스레 담는다

석류꽃

한낮 외롭게 돌아 나가는 선로 위로
어질어질 피어오르는 아지랑이 속
가는 듯 오는 듯
간이역 시간표를 기웃거리는
한 그림자, 누구이던가
몇 해 전 역사驛舍 뒷전에서
밤 이슥하도록 등 기대어 기다리던
석류나무 한 그루 여전한데
문득 토닥토닥 떨어지는
석류꽃, 한 번도
벌 나비 들이지 않았던 수줍음으로
지친 몸을 눕히는데
남몰래 다가와
고단한 그 몸을 수줍게 어루만지는
바람 손길 또한 떨고 있어라
와락, 서러움에 온몸을 떨어라
서둘러 꽃물 든 가슴을 여미는데

분명 다가오는 기적 소리이런가
녹슨 찻길로 내닫는 마음 가눌 길 없어
먼 데 눈길 오래오래

갈대숲

나룻배 내려 강둑길
한 마장 길이 바쁜데
앞선 걸음이 멈칫멈칫
어디로 가는 길을 물을까
그림자 뒷녘에 가슴 방망이여라
한 모롱이 돌아갈 때
키를 넘긴 갈대숲에서
불타는 얼굴을 보았네
수줍은 옷섶이 열렸네
어지러운 하늘이 다가왔다 멀어지고
붉은 저녁놀 한 자락이
마른 풀잎에 남았네
바람이 비로소 날숨을 쉬고
숨죽이고 있던 개개비 한 마리
호로록 날아오르네
강 건너 마을엔 저녁연기 오르는데
서두르는 걸음에 강모래 감기고

넘어질 듯 재촉하며 한번
돌아보니 빈 강변엔
머리 푼 갈대만 흔들리고
강물은 멈춘 듯 흐르고 있네

맨드라미

소나기 멈추고 서둘러 내려오는
산길 길섶의 풀내가 아렸다
젖은 치맛자락 사이 얼비치는
수줍은 선홍의 자취가 부끄러웠고

산모롱이 상엿집이
무서워도 아니고 서러워서도 아닌
울음이었어라 끝없는 현기증에
한잠을 자고 일어나서도
서럽지도 않은데
또 울다가

비를 함초롬히 머금은
집 울타리 곁 맨드라미꽃을 보곤
화들짝 놀란 가슴이 되어
부엌간으로 뛰어들어
젖은 몸을 씻고 씻었다

부끄럽던 그 처자處子는
시집을 가고 애기를 낳고
다시 그 산길을 돌아
친정 나들이를 하고

여전히 앞마당에 불타는 듯 일렁이는
짙붉은 정염情炎
문득 돌아보면 지는 노을이
참으로 더 붉어라

대추 한 알

첫딸 시집보내고
가을 어느 하루 대추 볼 붉어지는
고향을 가다
딸이 챙겨준 야릇한 속옷이
거친 살에 자꾸 겉돌아 걸음 주춤주춤
고향집 어귀에 들자
저만치 훨씬 키 넘게 자란 대추나무
그렇게 마른 하관으로 서 있는
그 남자, 눈을 돌리고 길을 비켜서네
친정어머니 제수 장만하러 나선 장터
맷방석에 쌓인 대추
그중 아주 굵은 한 알을
그가 슬며시 손에 놓아주네
풋대추 따서 몰래 건네던 그 손
아직도 따뜻한 듯도 하네

첫길

한나절
여치 풀무치 방아깨비
잡힐 듯 잡힐 듯
지친 놀이도 심심하고
해는 중천에 높아
정수리 따가운데
당산나무 아래
발돋움하며 바라고 섰는데
오마 오마 하던 어매는
오지 않고 졸린 눈
닫히는 눈 비비고 비비고
흰 적삼 어매가 온 듯
잠결에 다가온 한 사람
향냄새 그윽하였더라
하얗고 보드라운 그 손을 붙들고
첫길을 나섰지

고향길

봄비 뒤 열린 하늘만큼
땅의 가슴 아프게 뒤척이는데
먼 산자락에 얼비치는
잃어버린 이름의 누이
모든 게 그리웠던 그 봄의 기억으로
아름답게 소생하는 영혼이여
색 바랜 사진첩 갈피에 기울어져 있는
배경 속에 정물처럼 고요한 누이의
눈망울과 숨결로 떠오르는 곡조처럼
따사롭게 피어나는 봄의 손길 따라
보리밭 이랑마다 숨찬 종다리의
두근거리는 가슴
남몰래 망울 벙그는
수줍은 소녀의 부끄러움과,
미루나무 끝 까치 둥우리 속
햇살 한 줄기 따라 축복의 나래를 펴고
새롭게 비행 연습을 하는 아기 까치

깃털의 투명한 실핏줄
아지랑이 어릿어릿 맴도는 간이역 플랫폼
도회지로 줄달음치는 철길
둑에 함초롬히 주저앉은
민들레 서너 포기처럼
견뎌온 기다림의 자취는
이제 봄비에 젖어 꿈꾸며 있고
꿈길 동구 밖에 돌아오는 누이
고향길 길섶마다 새파랗게 돋는
사연, 눈물보다 더 아픈 성숙의
약속 그리고 꿈
해마다 봄이면 덧나는 가슴앓이

목련

오로지 실눈 뜨고 바라만 볼 일

애살스런 소박데기 청상의
한스럽게 풀 먹인 홑이불이거나
딸애가 벗어놓고 나간
수줍은 브래지어이거나

공연히 어지러워지는 한나절
바람 한 점 주저주저 창가에 맴도는데
달뜬 맘 다스릴 길 없으니
속절없이 쓰린 가슴 달랠 일

어미의 눈물 짠하게 스민
무명 적삼 소매이거나
아들놈이 일기장 갈피에 숨겨둔
소녀의 볼우물이거나

하릴없이 신열 오르는 한나절
햇살 한 오라기 다소곳이
텅 빈 뜨락에 적막만 깊이 심어두고
기다릴 사연도 없이 슬플 뿐
비둘기 구구구 목청 갈아
뿌옇게 흐려지는 거울 속으로 다가오는
망연자실 무표정의 얼굴들이거나

도무지 그리움을 놓아버리지 못하는
핼쑥한 중년의 관자놀이이거나

다만 마른기침 애써 참고 바라만 볼 일

환생

비로소 껍질 벗고 나온 여린 날개
가까스로 하얗게 펴는 나비 한 마리
누구의 이름으로 태어나는가
아직 봄꽃은 제 몸살에 겹고
노래 부를 목청은 트이지 않아
못내 애틋한 향기에 가슴만 설레네
이 봄날 떠나간 사람도
떠나갈 사람도 없이
아지랑이처럼 마냥 슬픈
내 영혼인가 한심한
방랑 끝에 구한 한 줌의 눈물로 빚은
주옥도 다 떨치고
산빛 따라 나설 수 있다면
허덕이며 걸어온 날
욕되고 아름다워라
차마 다잡지 못하는 여린 마음
언제나 멍에일 뿐

나는 몇 생을 거듭해야
비로소 한 포기 풀꽃이 되어
맑디맑은 소녀의 발길 스치는
길섶에서 다소곳이 피어날 수 있을까

빈 걸음

예전처럼
바람 소리가 소소히 밀려왔다
물소리가 저만치서 다가왔다
풍경 소리가 그윽이 들려왔다

선방은 묵묵默默히 닫혔고

다시
풍경 소리가 아득히 멀어졌다
물소리가 문득 잦아들었다
바람 소리가 주춤주춤 물러섰다

새끼 다람쥐 한 마리가
빤히…… 잘 가시게

2부

새

네 노래를 누구도 들은 적이 없다
거짓된 진실에 모두 도취되어 눈멀고
귀먹은 자들의 시장 바닥을 떠나와 이만치
홀로 꿈꾸는 동안은
노래 부르지 못하는 천형天刑인가
너무도 간절한 기다림의 수줍음인가
아직도 너는
네 노래를 들을 수 있는
상처받은 영혼을 기다리고 있나 보다
애타게 북받치는 그 사랑이
차마 절규가 될까 봐 두렵지만
단 한 소절로 끝나더라도
네 가슴에 맴돌던 이름을
이제 노래해보지 않으련
이 세상 저 절망의 끝에서
비로소 귀 열린 누구를 위해서

별

저렇게 별들이 반짝이는 것은
어찌하지 못하는 부끄러움 때문이리라
사랑하는 사람을 차마
하염없이 내려다보기조차 아까워
깜박깜박 수줍게 눈을 뜨는 게지

마지막 남은 한 떨기 목련꽃 스러지는
뜨락의 창가에
미처 다 여미지 못한
커튼 자락 틈으로 살그머니 보이는
그리운 얼굴 꿈꾸는 잠

아득히 사랑하는 사람이
속절없이 잠든 깜깜한 밤
무한천공 사무치는 그리움에
눈물 그렁그렁 맺힌 눈망울로
밤을 지새우는 사람처럼

저렇게 별들이 울고 있는 것은
가슴 저리는 행복함 때문이리라

타락한 지상에서 마지막
사랑하는 한 사람을 찾은
벅찬 가슴의
두근거림으로
저렇게 별들은 그리움을
행복하게 앓고 있는 게지

구름

무한천변 어드메쯤
그다지도 고단한 삶을 부리고
계면조 노래 한 가락 불러도 좋으련만
병든 마음으로 들끓던
지상의 날들을 잊지 못한 채

오뉴월 보리밭 종다리 함께
푸르디푸른 지상에서 아른아른 떠나와
그리움 가까스로 달래며
눈멀어 흘러오고 흘러가더니

무한억겁 지울 수 없는
사랑의 노을
그리움으로 파도치는 별빛
사라진 신화를 떠올리고
다시금 두둥실 들뜬 마음
저버리지 못하는 영욕의 이름을 되뇌며

드디어 수천의 손길로 춤추며
수만의 속삭임을 거느리고
또다시 지상에 내려
짐짓 탈속한 듯 부드럽게 흐르며 흐르다가
너와 내가 잠 못 드는 이승에서의
또 어떤 사랑의 모반을 꿈꾸고 있나니

덫

더 이상 누구도 나를 어쩔 수 없으리
어디에도 멈출 수가 없었던
누구도 나를 포획할 수 없었던
버림받은 날들의 질주는 끝났으니

수없이 떠나온 길목마다
나를 향하던 돌팔매를 피하며
허공만 더듬던 나의 손과
아득한 낭떠러지를 에돌던 나의 발길이
이제
오로지 단 하나의 덫에 묶여버리는
한순간

소리 없는 바람에도 애타게 설레던
내 마음의 빈 등잔이 슬프도록
맑은 영혼의 거울과 마주하여
향기로운 불꽃으로 다시 피어나고

나는 비로소 찬란한 질곡의
숨 막히는 황홀을 맛보나니

상처 속에서 수많은 시간 동안 고인
저 영롱한 눈물의 보석들이
전율하듯 반짝이는 평화로움

진정 평안하게 육신과
영혼을 쉬게 하라, 그러면 누구의
가슴에 오래도록 서리어 있었던
한 자루의 비수 같은 사랑이
비로소 뜨겁게 심장을 파고드는
행복을 노래할 수 있으리

무지개

혼자만이 바라볼 수 있는
무지개 앞에 섰나니

가슴 저미는 노래를 부를 수 없고
끝없이 목마른 꿈을 꿀 수도 없으리
이미 죽음보다 더 아득하고
황홀한 죄의 절정을 넘어섰나니

더 이상 몸서리치게 달콤한
기다림도 맛볼 수 없으리니
이미 꽃보다 더 향기로운
사랑이 깃들어 있기 때문이라

살아 숨 쉬는 날들의 슬픔 속에서
오랫동안 진화되어오다
순백한 나래로 비상하는
화석의 새 한 마리가

희열의 울음을 우는 까닭을 알리라

다시 빈 가슴에 꽃씨를 심는 마음으로
지난날의 차디찬 모멸을 용서할 때
찬란한 비애의 마지막 순간
비로소 행복하여라

민들레

영혼이 무거울수록
육체는 가벼운 법
부질없는 재화에 눈먼
허수아비들의 지상에서
육체가 승화하여
이윽고 한 영혼이
먼 꿈의 비행을 시작하나니

고통의 날이 길었던 만큼
이륙의 춤은 황홀하다
잃어버린 시간 저 너머에서
바람보다 가볍고
햇빛보다 감미로운
풀잎이거나 이슬이거나 한
비밀스런 사랑을 찾아라

그리하여

구름의 방황을 끝내고
절망 속에서 몸부림치던
애증은 말갛게 잊어버리고
버림받은 빈 들판의 가슴에
촛불 켜듯 환하게 떠오를 때

아직도
지상의 누추한 한 모퉁이에서
여전히 모멸의 계단을 오르면서
황홀한 환희의 비상을 꿈꾸는
수줍은 영혼이 있음을 잊지 말아라

갈대

가슴에 스민 숱한 바람 자락을
이제 어떤 무늬로 날려 보내려 하는가
눈동자에 머문 영롱한 별빛들을
지금 어떤 울림으로 노래하려 하는가

텅 빈 가슴의 허수아비가 끊임없이 흔들던
말들의 껍질은 허공에 떠돌 뿐
상처받은 영혼의 아픔은 달래지 못하리
지나간 거짓의 날들에 구겨진
자존심을 되찾기 위해
더 이상 가식의 의상을 입지 않으리

잃어버린 이름을
먼 전설 속에 나오는 누구의
남루한 영혼 속에서 되찾을 수 있을까
꿈꾸어 온 날들의 아픔만큼
상처도 빛나는 축복이 될 수 있나니
비로소 그 이름이 노래가 되어라

이제는 용서하고 떠나리라
천길 허공에 무겁던 영혼을 벗어 던지고
오로지 빛나는 상처를 확인하기 위해
손길 하나하나 피맺히게 더듬으며
노래하리라 사랑의 춤을 추리라

꿈보다 더 아름다운 진실은 없다지만
언제나 잠들지 못했던 영혼이
차마 꿈조차 꿀 수 없었던 지난 시간들
사랑한다는 단 한마디 말하기도
안타까워 그저 서걱거리며 흔들리는가

어둠 속에서 애타게 헤매던 손길마다
피멍 든 음계를 짚어나갈 때
들꽃보다 작은 이름 모를 새 한 마리의
창백한 입술을 빌려서라도
뉘 이름을 애타게 부르고 싶은 게 아닌가

종이비행기

무너진 돌담 틈서리
창백한 몸짓으로 고개 내민 채
주저앉아 있는 제비꽃 한 송이 보았지

한나절 패연히 쏟아지던 소나기
멈춘 사이 파란 하늘에
두둥실 피어오른 구름을 보았지

마알간 호숫가 언저리
강아지풀 꽃대에 앉아
졸고 있던 잠자리 한 마리 보았지

남몰래 슬픔을 앓은 가슴에
소금처럼 뽀얗게 핀 눈물 자국 보았지

그렇게 아름다운 날들의 뒤안길에서
한 생애의 옷깃을 여미는데,
문득 낭떠러지 앞에 서듯

다가온 가슴

또다시 절망의 도시에서
겨우내 따사롭게 잠든
애벌레 한 마리의 꿈을 외면해야 하나

한여름 잠들지 못하는 아이의
눈 속으로 가뭇없이 흘러가는
유성의 황홀함을 잊어야 하나

꽃가루에 온몸 뒹굴며 향기에 도취된
벌들의 노래에도 귀 막아야 하나

남아 있는 절반의 영혼으로
지상에서 허락된 남은 날들에서
딱 한 번
너에게 가닿기 위해
얼마나 더 허공에 머물러야 하나

봄 마중

어디쯤 오고 있는 게지
연초록 잠을 깬 애벌레와
애기 손톱만큼 움트는 느릅나무 속잎과
봄이 함께
술래잡기하면서
마라도쯤에서 또 설악동 내린천쯤에서
그렇게 분명 오고 있는 게지
내가 이렇게 몸살을 앓는 것도
그 봄이
내 마지막 독한 사랑을 시샘하는 탓이지
시집간 여식의 입덧 소식처럼
이렇게 설레는 날이면
아, 잠깐 비친 소녀의 속옷 자락에
눈이 머는 철부지의 가슴으로
봄 마중 나갈 일이 아닌가
미치도록 간지러운 봄볕 속에
와락 그 소녀를 껴안고
숨 막혀 죽고자 하는 게지

자두

그때 수줍던 사랑은
새콤달콤한
붉은 자두의 가슴처럼
농밀하게 익어가고 있었지
부끄럼 없는 소년의 손길은
자두의 속살을
깊이깊이 헤집고 마침내 다디단
사랑에 가닿고 아찔한
어지러움으로 한나절을 보냈지
단 한 알 자두로 붉게 물든
긴 여름의 노을 녘
붉은 입술로 웃음이듯 울었지
오늘도 그 사랑의 속살을 더듬듯
자두를 고르는 사람
한 남자의 옆모습을
애틋하게 바라보고 선 너는
누구인가

박꽃

이 밤에
왜 그렇게 울고 있느냐 소리 없이
아직도 네 분홍 손톱의 반달처럼
아쉬운 시간을 잊지 못하고 있는데

너는 여린 입술이라지만
나에게는 수줍고 달콤한 풀잎이었고
너는 아픈 심장이라지만
나에게는 뜨겁고 힘찬 북이었으며
너는 부끄러운 눈이라지만
나에게는 영롱하게 빛나는 진주일 뿐
너는 위험한 몸이라지만
나에게는 향기로운 꽃밭이었어라

또다시 은하수 와르르 쏟아지는
요정의 계곡, 짐승의 시간이 멈추고
방금 다시 태어난 별들이

은가루의 빛을 다듬고 있는데
이제는 너의 창백한 몸짓을
내가 받아도 되지 않겠는가

춤추던 반딧불이도 잠이 들었어라
늦은 달이 깜박 눈을 감을 때
아직도 가슴 떨리는 그 이름을 부르며
새하얗게 바랜 너의 가슴으로
돌아가리 돌아가서 새벽이 올 때까지
얼굴을 묻고 잠들고 싶어라

고추잠자리

바람결 같은 비행
놓쳐버린 시선의 끝
까닭 없이 맺힌 눈물
떠나는 기적 소리의 환청
누군가 애타게 부르는 이름
파랗게 열린 가을의 속가슴
말갛게 비워서 아름답고 슬픈 캔버스
단 한 획의 구름도 그을 수 없는
마음, 그 파랑波浪의 끝까지
한껏 내달아 봐 내 사랑아
서러운 추억만으론 안 돼
쉰 해든 예순 해든
아파도 사랑은
여전히 그리워

가을 바다

먼 섬들을 에돌다 되돌아온
파도는
기다림에 지쳐 개펄에 누운
폐선의 그림자를
말없이 핥다 물러가곤 한다
뱃전에 내려앉은 갈매기
낙조에 날개를 붉게 물들이며
제 잃어버린 영혼을 찾듯
가끔 수평선을 바라보곤 하는데
저만치 홀로 선
한 그림자
절절히 사무치는 그리움으로
해 저물녘까지
가슴만 오래오래 펄럭이고 있다
마치 다 낡은 흑백필름에 나오는
외국영화의 마지막 장면처럼

겨울밤

누구도 잠들지 못한 밤
오로라의 광휘에 휩싸인 채 아득한
침묵의 시간
사람마다 다른 한 사람씩 데리고 떠나면
검은 옷의 수도사는
잔에 남은 포도주를 마저 마시고
생애의 마지막 기도를 올린다
이제 지상의 등불이 모두 이울면
사라진 어린 연인들의 노랫소리를
기억하며 숲의 침실로 나아가리
여전히 빛나는 붉은 성채의
전설과 소녀를 찾아가던 그 시절을
잊어야 하리 잊어야 한다
비로소 구멍 없는 피리는 던지고
되돌릴 수 없는 푸른 불꽃 속으로
천천히 걸어가는 그림자
먼 훗날 어느 봄 하루 현훈眩暈의 순간

마침내 선홍의 동정童貞을 만난다면
또다시 누구의 이름으로 태어나리

약속

소멸보다 더 아름다운
안식이 어디 있으랴
안개비 자욱이 풀잎을 적시듯
그렇게 만났듯이
또한 그렇게 떠나야 하리
지상에서의 인연은
마냥 한결같지 않은 것
주저 없이 벼랑 끝으로
나아가라, 버려라
이윽고 무명의 어둠에서 건져낸
그대의 고단한 영혼을
향기로운 독이듯
가슴에 새기고
그대가 벗어놓고 간 아픔 한 자락을
형벌처럼 들고 섰는데
문득 날아가는 산새
덧없이 떨어뜨린 깃털 하나

이별보다 더 고귀한
약속이 어디 있으랴

그리움

아침 잠 깨어 마지막 꽃봉오리 떨구는 목련 바라볼 때

패연히 비 내리는 창가에 서서 하염없이 밖을 내다볼 때

푸드득 청솔가지에서 눈꽃이 떨어져 내리는 소리를 들을 때

별들이 저마다의 사연으로 눈물 글썽이는 밤에 도무지 잠들지 못할 때

한 여인이 차단한 눈빛으로 내 앞에 말없이 섰다 사라진 꿈에서 깨어날 때

이렇게 시시때때
꿈꾸지 않았는데도
칼끝처럼 돋아나는
아픔도 아니고 슬픔도 아닌

오래 잊었던 설렘이듯 가슴에

아릿아릿 자리하고 있는 이것은 무엇인가

도무지 나을 수 없는 마지막 화려한 병이라서 행복하여라

이별

항상 눈 뜨고 잠드는 명궁의
꿈처럼
마냥 바장이며 흔들려온
내 혼신의 사랑을
너에게 보낸다

쉬잇!
내게서 떠나서
네게 가닿는
황홀한 일순一瞬

왜
네 가슴이 받아안는 것은
파르르 떨리는 바람 소리뿐인가

수없이 비켜 간 헛된 말들의
상처를 더 이상 가슴에 남길 수 없어

너는 그렇게 비켜섰느냐

화살처럼 내달아
섬광처럼 다가온 종언終焉
끝내 눈먼 내 사랑
애달픈 내 삶의
텅 빈 완결편이여

진정으로 지상에서 이룰 수 있는
아름다움이 오로지 이별뿐인가

첫눈

이렇게 겨울이 온다
첫사랑처럼
오랜 비밀의 탄로처럼
두근거림과 당혹스러움으로
내 스스로 느끼기 전에
오히려 이웃들의 채비는 완벽했나니
이 겨울을 맞이하는 마음일랑
더 뜨거운 심장으로
더 불붙는 등걸의 사랑으로
너의 추위에
나의 체온을 나눠주고 싶다
나는 너에게 너는 나에게
동화 속
눈사람의 둥근 목에 드리운
빨간 목도리가 되는 시간
이렇게 겨울이 왔다
그리움이 왔다 그리고
슬프더라도 아름다운 사랑이 왔다

3부

숙맥

냉이 쑥 핑계로 나선 들판
치맛속 바람 손길 간지러워 까르르
교복 빨래 서둘러 놓고
어린 염소 부질없이 쫓으며
바람처럼 내닫는 소년들을
곁눈질하던 다 큰 처녀애가
이제 요실금 팬티를 여미고
봄나들이 나선 길목엔
아지랑이 속 뿌옇게 다가오는
얼굴, 거친 면도 자국의 중년 사내
알 듯한데 눈인사도 못 하네
고향길 짐짓 물어도 왼고개로 답하고
검붉은 얼굴 더욱 붉히는
굽은 등판은 예나 지금이나 답답하구나

봄길

봄비가 실처럼 내렸는지
봄 아지랑이 꿈처럼 흔들렸는지
그런 기억들 속에 지금처럼
개울물 자욱이 꽃잎들이 흐르면
문득 풀 비린내에 소스라치게 돌이키는
아픈 초조初潮의 기억 너머
갈래머리 시절
희디흰 가르마에 입맞춤하던 소년은
타인의 남정이 되었다는데
민들레 풀밭에 남겨둔
첫사랑은 아직도 새하얗게 피어 있네
산꿩이 숨어 울던 산등성이
수줍은 미소로 답하던 입술에
지금 번지는 웃음이 슬픔은 아니겠지
바람 한 줄기 가슴을 스친 이후
비가 오던 천둥의 시간에도
눈 내리던 새하얀 밤에도

새기고 새긴 한마디
사랑이었을 뿐인데 오늘
봄나들이 해 저물녘
두근두근 가슴속 번지는 불길을
어찌하면 좋은가

산수유꽃

지새운 기다림
거실 스위치를 내리는 손이 떨린다
문득 가슴 밑바닥에서
파르르 LED 등 하나가 돋아 온다
먹먹한 가슴을 쓸어내리고
집을 나서 외곽 IC로 빠져나왔다
언제였던가 어디였더라
봄 신명에
수줍던 가슴은 벙글었고
우람한 등걸에 꽃가지 예뻤어라
아찔한 꽃그늘의 입맞춤은 달았어라
첫 아픔을 부끄럽게 달래며 돌아오던
귀갓길, 오늘 이 아침처럼
산수유꽃 꼬투리가 노랗게 튀밥처럼
온 세상에 가득했더라 새삼
산수유꽃보다 더 샛노란
기억이 돋아나고

산수유 열매보다 더 새빨간
아픔이 맺힌다
다시 돌이킬 수 없는 추억은
한 컷의 풍경으로 다시
가슴에 인화되고 있다
어느 결에 노란 꽃 천지가
눈앞에 다가왔는데
그때 그 사람은

국어 선생님

"사철 발 벗은 안해가
따가운 햇살을 등에 지고 이삭을 줏던 곳……"
잔뜩 멋을 부려 낭송하던
국어 선생님은
한 학기 마치곤 군 입대를 했지
자습 시간 때마다
창밖으로 내닫는 맘은
애달픈 그리움인지도
수줍은 짝사랑인지도
모른 채 밤으로 편지를 쓰고 찢곤
돌아오지 않는 답신을 기다리며
개나리 진달래 거듭 피고 지고
짓궂은 사내들의 장난질이
야속해 울음이 났던 시절 지나
이제 한 남자의 안해가 되어
바랜 꿈을 등에 지고 생활을 줏는 곳
여기 봄은 지는데

오늘 밤 아직도 잠들지 못하고
먼 날의 앨범 속 꿈길을 간다
"……그곳이 참하 꿈엔들 잊힐리야"
여전히 수줍은 국어 선생님의
목소리를 흉내 내어
어설픈 생애의 한 소절을
읊조려 보는 봄밤

시래기된장국

새벽같이 들어온 미운 등판이
소파에 웅크리어 자고 있다
주름 잡혀 너부러진 바짓가랑이가
천방지방 다닌 만용의 흔적일 터
마지막 연민으로 홑이불을 덮어주곤
간밤에 묵혀둔 라면 냄비를 설거지한다
서방 없는 년이 젤 서러운 거여
뒤웅박이 제 엉덩이 자리 잡듯
놓인 자리 그대로 행복한 거여
제풀에 돌아올 때 있겄지
오빠가 신신당부하며
보내온 시래기를 꺼내 삶는다
묵은 삶의 냄새가 달곰쌉쌀하다
가으내 처마 밑에 매달려 속절없이
바싹 말랐던 가슴패기에
된장을 듬뿍 풀어 시래깃국을
끓인다 속 끓인 날들이야 이제

미울 것도 고울 것도 없으니
더욱 허전하여라 텅 빈 가슴은
아파라 울고파라 누군가 보고파라
시래기된장국으로 배를 채우고
이빨이 시리도록 양치를 하곤
자운영 자욱한 봄 들녘을 찾아 나선다
어디에서 그 꽃을 볼 수 있으랴
어디에서 그 이름을 부를 수 있으랴

봄 바다

접대 골프를 치고 돌아오는
남편을 픽업하기 위해 나섰다
영종대교를 막 내려서는데
온몸을 감싸는 비릿한 해조음海潮音
이게 아닌데
문득 목메는 낡은 인형은
그래 파업이다 오늘 하루
주저 없이 핸들을 바닷길로 돌린다
저녁놀 붉은 용유도 봄 바다에서
가슴속까지 밀려드는 하얀 포말
파노라마 지는 생애
온몸에 바다가 아우성치던 날
수줍은 손길로 스카프를 둘러주던
그 사람은……
익숙한 벨 소리가 상념을 찢으며
어딨어?
혼자 공항버스 타고 들어가세요!

왜 그러는데!

그냥 바다가 보고 싶어서요

발밑까지 다가온 파도의 혜살

사르륵 부질없다

사르륵 속절없다

또 하나의 응어리만 가슴에 맺힌다

다시 오는 봄

아메리카노 한 잔
프리지어 한 다발
기웃기웃 다가오는 장난인 줄 알았지
비 내리는 오후
꽃향기는 저리도 황홀하여라
어느새 창밖으로 눈길을 주는 너는
누구인가, 앞머리 매무새 다듬는
손길은 왜 또 떨리는가
……꽃을 사는 사연은
향기도 고운 빛도 아니고
이미 잘려 나간 뿌리의 마음을
달래주고 싶어서이지요……
잃어버린 마음을 찾아줄 수 있을까
주춤주춤 가슴 열었던 시간은
너무 짧았다!
뜨거운 날의 소나기 그친 후
낙엽 지고 눈 내리고

다시 그 봄이 돌아와서
자욱한 꽃그늘이 드리운다
문득 맴도는 커피 향과 달큰한 꽃향기에
아직도 여전히
얼굴 붉어지나니
이 가슴을 달랠 수 있는 것은 무엇일까
이별다운 이별을 아파해보고 싶은데
언제 사랑을 하기는 한 건가
창밖으로 노을은 지는데
오늘도 봄 하루 지나간다

마지막 생리

이를 어쩌나 이를 어째
하필 상견례 나서는 길에
스멀스멀 아랫도리 간질이는 듯
봄날의 그 아지랑이의 손짓인가
두 달 전 다 끝난 줄 알았는데……
달아오른 얼굴이 거울 속에 흔들리는데
딸애는 엉거주춤 늑장에 짜증을 내고
물정 모르는 남편은 신바람 앞장이네
사과꽃 피던 어느 봄날
아리듯 아픈 가슴이 두렵고 부끄러워
얼굴 붉히던 그날이 오늘이련가
훤칠한 사윗감 앞에 종내 부끄러워
고개 숙이는데 철없는 딸은
속이 상하는지 볼멘소리 한마디
엄마는 왜 그래!
달아오르는 열기를 다스리고 다스리는데도
불현듯 가슴에 확 치미는

불방망이에 눈앞이 아찔하더니
온몸이 감당 못 할 신열로 들뜨네

봄비

네 방에 가서 자렴
언제나 애비의 성화는 귓등이더니
막내가 어제 대뜸 제 방에서 자고선
대학 기숙사 생활에 들떠
먹던 스낵 과자까지 다 챙기곤
하롱하롱 웃으며 집을 나서 갔네
벗어놓은 속옷 주섬주섬
눈앞이 밤처럼 흐려진다
거실 조명은 흐린 듯 밝고
괜스레 신바람 난 듯 눈짓 보내는
서방의 얼굴은 낯설기만 하여라
혼자 저 방에 가서 자요 밀어내고
홀로 팔베개 모로 누워
오지 않는 잠에
떨리는 제 손길이 가닿은
밋밋한 젖가슴은 속마저 말랐어라
창밖엔

봄비라도 내리는지
젊은 숨소리가 들린다
돌아눕는 얼굴 앞으로
또 다른 어린 사내가
매화꽃 봉오리 같은 입술로
이름을 부르며 다가오네

낚시

종일 나른하게 졸린 몸을 견디다
가까스로 마루에 나앉았는데
지난밤 완강했던 등판은 무심하게
낚싯대를 여전히 드리우고 있다
쓸린 목덜미에 햇살은 따갑고
물잠자리 한 마리 찌에 앉는다
해 저물녘 여린 가슴으로 스며드는
저녁놀이 더욱 붉어라
여전히 아릿한 아랫도리를 두 팔로 감싸고
수면 위로 흐르는 바람 자락을
맥없이 바라보는데
휘익 낚시 끝에 꿰인 붕어 한 마리가
풀섶에 내동댕이질로 파닥거린다
이런 사랑
또 하루해가 저무는데
오늘도 건넬 배는 오지 않고
해거름 어둑살에

가슴은 방망이질로 두근거렸다
저 멀리 건너편 둑길을 가는
한 쌍의 연인이 보이다 문득 사라졌다
멀리서 여린 처녀가 젖가슴 부여잡고
우는 듯 웃는 듯 한 소리가 들리는 듯

아버지

쿨럭쿨럭 바람벽을 울리는 기침 소리
종일 담배 모종 낸 날
밤새 아버지의 기침은 잦아들지 않았다
담뱃잎 따기 싫어
거짓 배앓이로 뒹굴었지
기침 새는 목소리로 야단야단
끝내 잘못했단 소린 않고 앙탈이었지
잎담배 건조실 툇마루에서 밤잠 설치던
아버지 기침 소리
담배 농사 진절머리
졸업하자마자 서울길
가내공장 경리 일에 지친 날 밤이면
산동네 자취방에서도
가끔은 아버지 기침 소리가 들리곤 했지
수매 다녀온 날부터 자리 펴고 누웠다는데
한 번은 보고 가라시는 어머니 당부에
매캐한 담뱃내 찌든 고향집을 찾았지

궁해서 슬펐고 슬퍼서 싫었던
그 집 앞에 서니
여전히 가슴벽을 울리는
아버지의 기침 소리
숨이 차서 쓸어내리는
다 말라버린 아버지의 가슴이
차마 마른 담뱃잎 같더라
하루라도 있다 가라시던 손길이
못내 안쓰러워서 밉더라만
철없이 눈먼 풋사랑의 안달에 마음 들떴던지
서울행 터미널로 나서는 걸음에 눈물이라도
났던가, 그해 겨울 눈 내리던
명동 길을 마냥 철없이 걷고 있는데
빨리 내려와야겠다 아버지가……
아버지 잘못했어요

엄마

미처 산후 부기도 내리지도 못한 몸이라
취토取土 한 자락도 못 덮어드린 채
그렇게 엄마를 보냈지
젖몸살이 아파서 울었고
서러워서 또 울었지
엄마는
신산辛酸한 생활의 역습에
멍든 딸네의 생애에 눈물지었지
열무 단을 이고 왔고
강냉이를 쪄서 안고 왔고
참기름을 짜서 들고 왔었지
파스 발랐구나, 까칠한 손으로
애잔하게 등짝을 쓸어주던
그날이 언제이런가
쉰이 넘어서야 되돌아보니
이제는 그 손길은 간데없고
현비유인顯妣孺人으로 말이 없네

한 잔 올리고 그냥 엎드린 채
눈물도 차마 말랐는지
산후풍 냉기로 저리는 아랫도리에
한 줄기 찬 바람이 쓸려 나가고
메말라 갈라진 입술만 달싹이네
이 속병이 왜 생겼을까

형부

소주 댓 병을 마시고도
오토바이 쌩하니 나서곤 하더니
기어이 사고를 내고 후유증이 깊어
그 허우대가 맥없이 요양원에
10년을 누웠다, 지칠 법도 한데
웬수도 사랑 없인 안 되는 법이라
만사 팔자소관으로 돌리며 지극정성인
울 언니
흘러내린 반백 머리칼을 수습하려
엇지른 머리핀을 보고선
어느 놈 호리려 하나 눈을 흡뜬다네
여름 나들잇길 들렀더니
생전 안 쓰던 양산을 받쳐 들고
언니와 형부가 햇볕바라기를 하고 있다
휠체어에 비스듬히 앉아
능소화 꽃넌출을 바라보는데
형부는 활짝 핀 송이를 올려다보고

언니는 땅에 누운 송이를 내려다보네
두 사람 눈가에 맺히는
눈물의 의미를 알다가도 모르겠네

국수

이틀 몸살 겨우 털고 일어났는데
실없이 옆구리께를 집적대며 다가온
철없는 남정男情을 겨우 달래 내보내곤
어지러움 달래며 부엌으로 나가보는데
혀끝이 보리 이삭 씹는 듯하다
창밖엔 부질없이 봄비 내리고
문득 따뜻하고 매끈한 고향 국수가 생각나서
언니가 보내준 국수를 삶는다
놀면 뭐해 놀기 삼아 나간다고
국수 공장 잡역도 힘겹지 않다며
일하는 팔자가 상팔자 아니냐
늘 웃기만 하는 언니 언니 우리 언니
비 오는 날 텃밭 푸새에 앉은 청개구리
폴싹, 화들짝 놀라며 깔깔 웃던 자매들
그 텃밭 애호박은 아니지만
한두 가지 고명 양념 없어
후루룩 입안으로 들이켠 국숫발이

갑자기 울음길을 막았는지
후드득 눈물이 지고
국숫발은 마냥 입안에서 맴을 돈다
이 맛이던가 맵지도 짜지도 않아서
살아도 살아도 밍밍한 이 삶

파전

괜한 짓 했구나
그냥 집 밖으로 나온 걸음이 헛헛해서
막냇동생에게 전화를 걸었지
너 잘 있지…… 그냥 궁금해서……
언니 왜 그래…… 생전 전화 않던 사람이……
지금 와 파전 해줄게
언니 파전 좋아하잖아
막냇동생이 전화 너머 울먹인다
형부는 할 것 볼 것 먹을 것
다 하고 다니는데, 언니는 바보냐
지금 다녀가면 될 걸
말없이 전화를 닫는다
언제 내가 파전 타령을 하긴 했나 보다
재래시장 훑다가
파 한 단을 사 들고
부질없이 세탁소에 들러
허세 빳빳한 양복을 찾곤

접어든 길목에서
문득 올려다보니 가로등이
뿌옇게 물기 어려 달무리 지네

동창회

간밤 내내 가슴 더듬는
성가신 투박한 손을 내치고 달래다가
잠을 설친 그 아침에
호들갑의 동창 전화를 받다
오늘은 만사 제치고 얼굴 좀 보자
새삼 열여덟의 철부지도 아닌데
무슨 주부 파업이냐구
심통 난 남편은 볼멘소리지만
모처럼 부츠 먼지 털어 신고 나선
걸음 뒤태 우스꽝스럽든 말든
나두야 간다
이렇게 둘러앉은 중년들
한두 잔 맥주에 얼굴이 발그레
수줍던 그 처녀애들이 굵은 허리 다 내놓고
너 아직도 하니?
낄낄 깔깔
이런 지랄이 약이네그려
어제까지 결리던 등 어깨가 가뿐해

4부

포장마차

닭발의 매운 모멸감을 먹는다
소곱창의 비위 상한 자존심을 먹는다
꽁치의 꽁 막힌 비린 소갈머리를 먹는다
콩나물의 널브러지고 뒤틀린 밸을 먹는다
그들의 부질없는 복수심에서
나는 간단없이 힘을 구한다
그들의 독毒이 나의 힘이라서
이제 더 이상 두려울 게 없다
그 뉘가 비록 떠나간대도
서러울 리가 없다 그럴 리가 없다
나는 더 이상 시퍼렇게 날 선 소주로
누군가를 여전히 그리워하거나
누구와의 추억을 달래지 않으리
여전히 그들의 복수심으로
나는 스스로를 단련하고 있는 터
사랑을 잊지 않기 위해 오로지
복수의 힘으로 견딜 일이다
어느 정도 비겁하게

산은 산일 뿐

어쩌다 북한산에 오르다
봐라 뿌연 도심지 저 매연 속에서
일주일 내내 허우적대다니
저기 산수유 망울 좀 보렴
저 맑은 산새 소리 들어보렴
오길 잘했지 세상 사는 맛이 이것 아닌가
그렇다면,
월요일에 잔뜩 도취하여 떠든 문학 이야기도
화요일에 만난 애틋한 그 제자도
수요일에 분노한 지랄 같은 그 모든 것도
다 거짓인가 진정 거짓인가
일주일 내내 열심이었던 우리의 삶을 왜
산에만 오면 참담하게 반성하곤 하는가
진실로 우리의
지상에서의 나날은 수치인가 병인가
매번 우리는 산을 배신하고 있었다는
자책감으로 산을 오르는가

분명 산은 그냥 산일 뿐
우리는 매연과 진애 가득한
이 지상의 날을 더욱 사랑해야 하리

높은 산

산은 결코 높은 것이 아니다
다만 물보다 깊지 못하고
더구나 땅보다 순하지도 않다
그곳엔 씨를 뿌릴 수도 없고
열매를 거둘 수도 없다
오르는 자의 수고에 아랑곳없이
우러르는 자의 맹목에 더욱 오만하다

산은 한때 수천만 미터 아득한 지하에서
열렬히 들끓던 불과 바람이었으며
또 수천만 미터 수심 아래
조용히 꿈꾸던 부드러운 흙과 물이었던 것을

산은 정녕 높은 것이 아니다
다만 높다고 느끼는 자들의
거룩한 오류일 뿐
겸허한 지혜와 너그러운 관용도

실로 산의 본심은 아닐진저
어느새 산은 그저 높아져 있고
산은 스스로 내려올 줄을 모른다

다만 사람들만 부질없이 오르내릴 뿐이다

산의 속셈

그럴 줄 알았다, 마침내
무릎 관절이 삐걱거리기 시작했다
북한산 옆 자락을 슬금슬금 넘보면서
어디 한번 눈 씻고 귀 씻어
속진에 찌든 누추陋醜를 어찌해볼 요량으로
부지런히 깔딱고개 무릅쓰고
덤빈 일이 애당초 무리였다
일찍이 산의 속셈을 알았어야 했지
매번 중턱 약수터에서 맞닥뜨리는
퇴직 공무원이라는 중노인이 혀를 찼지
선생 그 신발로는 안 되겠수
처음 산에 오르는 모양인데
걸음새가 리듬을 타야지
힘깨나 쓰는 자도 산에 오면
맹탕이기 십상이유, 잔소리가 심했지
그럴까 정말 그럴까, 아니다
산으로 가는 자는

산이 받아들여 줄 만큼 어리석든지
산을 받아들일 수 있을 만큼 너그럽든지
아직도 들끓고 헷갈리는 마음과 팔다리로는
안 되겠다, 먼저 오장과 육부가 뒤틀리고
기어코 대퇴골과 하퇴골이 엇갈리고
무릎관절이 시큰거리기 시작했다
저기 비딱하게 선 벼랑이나 다름없는
칼날 선 마음으로는
산에 오를 일이 아니다
진작 산의 속셈을 눈치챘어야 하는 건데

뒷산

설악으로 가랴 관악으로 가랴
히말라야로 가랴 안데스로 가랴
그럴 것까지 없이
아침 맨손체조라도 할 양으로
큰맘 먹고 매일 뒷산에 오르기로 했다

산이랄 것도 없다
약수터가 있는 것도 아니다
계곡이나 등성이가 있는 것도 아니다
용케도 도심지 녹지대로 남아 있는
아파트 뒷산
그 언덕에 오르면
어설픈 상수리나무가 있고
훤칠한 자작나무도 여기저기 서 있고

그 사이로 반듯하게 잘 지어진 병원이
빤히 내려다보인다

사람들은 애써 그곳을 외면한 채
다들 우스꽝스런 건강 체조에 열심이다

오늘 아침 병원 영안실 앞마당에
참 평화롭게
따사한 햇살을 듬뿍 받으며
영구차 한 대가
한 사람의 생애를 싣고
조용히 떠나가고 있었다

배추 한 포기처럼

나는 마냥 잠들고 싶다
내 스스로 지친 가슴을 닫고
긴 꿈의 잠을 자고 싶다
더 이상 버틸 기력도 없고
자존심도 없다 그러므로
나를 숨죽이기 위해 쓰디쓴
소금을 더 절이지 않아도 되리
썩지 못해서 영원히
눈을 부릅뜨고 있을
상처를
또다시 쓰라린 소금으로
기막히게 달래고 싶진 않나니
나는 다만 잠들고 싶다
먼 여행의 끝
끝끝내 경배를 거부당하고
방금 돌아온 이교도처럼
남루한 영혼의 한 자락을 부여잡고

장엄한 낙조의 언덕에 머리를 조아리다
그대로 잠들고 싶다
비로소 비움의 깨끗함을
깨달은 자의 헐벗은 등에
소금의 짐을 더 지우려 하지 말지어다
이미 형벌보다 더 빛나게 새겨진
사랑은 결코 썩지 않을 터이니까
내가 영원히 잠든 이후에도

재생 화장지

화려했던 시간이 끝나더라도
슬퍼하지 마라 또 다른
영광의 날, 변절과 변신의 즐거움을
꿈꾸어도 좋으리

부질없이 버림받을 줄 몰랐지
걱정 마라 이렇게 주섬주섬
거두어지고 얼기설기 섞어지고
부글부글 들끓을 수 있지 않은가

카멜레온의 혓바닥, 정치가의 번들거리는 선거 벽보,
뱀의 쓸개, 장사치의 뻔뻔한 위조 영수증,
사슴의 동공, 풋내기 시인의 어설픈 연애시,
생쥐의 송곳니, 신권 화폐처럼 빳빳한 내용이 넘치는
문예지,
악어의 콧구멍, 신인 여배우의 요염한 브로마이드,
독수리의 간, 구겨진 나의 이력서,

그 열대우림의 햇빛 그리고 빗줄기
단단하던 나이테의 기억은 흔적도 없이
반질반질 매끄럽던 그 처세도
소용이 끝나면 어디로 가는지 아느뇨
이렇게 잡동사니가 되어
서로 껴안고 몸 섞어 가까스로
구차하게 화해하는 얄팍한 속셈
능청스레 감추고
가슴 뚫린 채
몸 사리고 앉은 이 능청

드디어 진실로 보드랍고 보드라워졌도다
너의 비겁 나의 자존심
또다시 죽어서 재생한다면 그땐
얼마나 더 보들보들해지겠는가

가로등

얼기설기 몸 비비며 엉기고 있는
쥐똥나무 울타리 거느리고 우쭐하게 서서
내려다보기를 좋아하는
만용을
향그런 관冠인 양 자랑으로
한껏 이고 선 어리석음
스스로 발등에 이마를 조아리고
무릎 꿇어 기도하며 뉘우치는
참회는 어이할까나
별빛도 없는 칠흑의 밤
네가 고작 지킬 수 있는
지린내 나는 풍경은 무엇인가
너는 한 번만이라도
잠 못 드는 아이의
맑은 눈빛 본 적이 있느뇨
네 부끄러운 머리 위에서
나래를 펴는

백로의 꿈을 본 적 있느뇨
시퍼렇게 천둥 치는 하늘의
들끓는 가슴속을 들여다본 적이 있느뇨
여전히 고개만 빼고 선
그 자만심은 도대체 무엇이냐

강물의 말씀

강물이 말합디다, 따라오라구
자욱한 함성의 거리에서 헤매는
비수의 마음을 접고
어지러운 말들에 사로잡힌
사금파리의 영혼을 거두어
가자고, 꼭 그렇게 말한 건 아니지만
강물 따라 나섰더니 바람결에
들리는 말씀, 잠긴 하늘을 보라 하데
강물 따라 흐르는 하늘엔
이글거리는 태양도 없고
날카로운 천둥 번개도 없고
다만 깨끗한 조약돌 몇 낱이
모래알과 나란히 잠겨 있을 뿐
글쎄 저런 하늘이 참 좋은 것 같은데
다시 강물이 말합디다, 왜 따라왔냐구
하긴 누구도
왜 왔는지 왜 갔는지 모를 일

하릴없이 티눈 박인 아픈 발을 쉴 때
빈 다슬기 껍질이 너무도 깨끗하게
사락사락 물이랑에 흔들리고 있습디다

고풍 별사古風別辭

차가운 겨울 강
빈 배를 띄우는 것은
고기를 낚고자 하는 것이 아니라
부질없이 한가로움을
이제 더욱 즐기려 하노니
생각 많은 행인들은
채우지 않은 어창魚艙을 가리키네

어제 기운 달이 다시 돋아 오기 전에
삿대를 거두어
차마 잠그지 않은
사립문을 열고 들어가면
뉘라서 매화문梅花紋 다완茶碗을 데우리

세한歲寒 돌올突兀히 넘기고
다가올 신춘에 꽃을 다시 만날 수 없다 한들
이 겨울의 고답高踏을

수줍은 임과 함께 누리는 것을
어찌 마다할 수 있겠는가

토란잎

초판 1쇄 2016년 1월 22일
지은이 최순열
펴낸이 김영재
펴낸곳 책만드는집

주소 서울 마포구 양화로3길 99 4층 (04022)
전화 3142-1585·6
팩스 336-8908
전자우편 chaekjip@naver.com
출판등록 1994년 1월 13일 제10-927호

ISBN 978-89-7944-559-6 (04810)
ISBN 978-89-7944-354-7 (세트)